EVINCEPUB PUBLISHING

Shivam Plaza, 2nd Floor, In front of ITI, Koni,
Bilaspur, Chhattisgarh - 495009
First Published by Evincepub Publishing 2020
Copyright © Shrishty Sharma 2020
All Rights Reserved.
ISBN: 978-93-90442-37-9

आर्य

कविताएँ हर मन की...

सृष्टि शर्मा

लेखिका की कलम से

किसी भी इंसान की अच्छी या बुरी छवि दूसरो को हमारे द्वारा उनके लिये बताये गये तरीके से तय होती है, एक बार जो हमने किसी की अच्छी बात कर दी,तो अगला इंसान दुनिया की नजर में अच्छा, और अगर बुरी बात कर दी तो वो इंसान बुरा बन जाता हैं। इसलिए हमें इंसानो में अच्छाई या बुराई नही, उनके बारे में बताने वाले के तरीके को पहले देखना चाहिये। ठीक इसी तरह हर इंसान के अन्दर कोई ना कोई प्रतिभा भी होतीं हैं, पर कुछ लोग ये सोच कर निराश हो जाते है कि हम कुछ नही कर सकते, या फिर हमसे तो ये काम होगा ही नही, पर हमें खुद से एक सवाल करना चाहिये की क्या सच में हमने उस हद तक कोशिश की हैं जो हमें करनी चाहिये थी, या फिर हमने क्या वो प्रयास किया जिसकी तलाश हमारे अन्दर की प्रतिभा को हैं।

**"क्या हुआ जो एक ख्वाब पुरा नही हुआ...
किस्मत ही तो है, बदलते देर नही लगती"**

हर सुबह हम सभी दोबारा जन्म लेते हैं, पर हमने आज अपनी ज़िन्दगी में क्या किया ये मायने रखती है। लोग कहते है **"चार दिन की तो जिंदगी है"** पर मैनें भूख से लोगो को चार मिनट मे मरते देखा है। इसलिए अपने अन्दर की प्रतिभा की पहचान कीजिये, और उतनी ही शिद्दत के साथ कीजिये जितनी शिद्दत से आप अपनी ज़िन्दगी जीना चाहते है, काम कोई भी हो, उसमें आपकी रुचि,

आपकी मेहनत और आपकी ईमानदारी होनी चाहिये क्योंकि एक बार जो आप ने अपने अन्दर की प्रतिभा जान ली, फिर बाज़ की तरह आसमान छूने से आपको कोई नही रोक सकता। मुझे उम्मीद हैं कि मेरे द्वारा लिखी गयी कविताओं से आप के अन्दर भी आत्मविश्वास बढ़ेगा, और आप अपने रुचि के मुताबिक अपने अन्दर की प्रतिभा को निखार पायेंगे।

धन्यवाद!

पुस्तक परिचय

आर्या- "कविताएँ हर मन की" एक ऐसा काव्य संग्रह हैं, जिसमे हर वर्ग के लोगो और इंसानी सोच को ध्यान में रख कर लिखा गया है, इन कविताओं में मानो हर मन की अच्छी-बुरी व्यथा शहद बनकर घुली हुयी हैं। हमारे आस पास की चीजें कभी हमारा मन छू लेती हैं, तो कभी मन तोड़ देती हैं, कभी हम बहुत ज़्यादा खुशी का अनुभव करते हैं, तो कभी हम दुखों के दरिया में बह रहे होते हैं। जब हम कभी उदास होते हैं, हमें सारी दुनिया ही बागी नजर आती हैं, और जब हम खुश होते हैं तो यही दुनिया अच्छी लगने लगती हैं।

इन्ही सब का मिश्रण **"आर्या"** में किया गया हैं। हम गौर से पढ़े तो कोई ना कोई कविता हमें हमारी जिंदगी से जुड़ी हुयी नजर आयेगी। इस किताब को पढ़नें के बाद हमें उम्मीद हैं हर कोई किसी ना किसी तरीके से खुद में और अपनी सोच में बदलाव महसूस करेगा।

कोरोना ने हमारे जन जीवन को कितना अव्यवस्थित किया है इससे हम सभी वाकिफ़ हैं, ज़्यादातर लोग तो शायद इस साल के जल्द से जल्द गुजरने की दुआ कर रहे होंगे, पर किसी ने सच ही कहा है,

"ये वक़्त भी गुज़र जाएगा बस हौसला रखियें"

इन कविताओं को पढ़नें के बाद आप खुद में एक नयी उर्जा का अनुभव करेंगे, और इस कठिन समय में अपनी सोच को पहले से कहीं ज़्यादा मज़बूत बना पायेंगे।

धन्यवाद...

मेरे परिवार को समर्पित...

विषय सूची

रचनाएँ

1

यशिका

है किलकारी गूंजी देखो, आज मेरे भी बगिया में ।

नन्हे नन्हे पाव सजे हैं, आज मेरे भी बगिया में ।।

मासूम सी आँखे, नन्ही सी हँसी ।

लायी हैं खुशियाँ मेरे आँगन में ।।

था इंतज़ार तेरे आने का, तुझमें खुद के मुस्कुराने का ।

सुबह तुझसे, शाम भी तुझसे, तुझमे हर खुशी लुटाने का ।।

है किलकारी गूंजी देखो, आज मेरे भी बगिया में...

तुझमें देखे सपने सारे, तुझमें ही खुद को जीना है।

मेरी जिंदगी अब तेरी होगी, तेरी हर उदासी मुझे पीना है।।

है किलकारी गूंजी देखो, आज मेरे भी बगिया में...

तुझमें पाया सुकून अपना, तू सुन्दर कली मेरी बगिया में ।

माली बनकर सिंचती रहूँ तुझे, तू घनी छाव मेरी अँखियों में।।

है किलकारी गूंजी देखो, आज मेरे भी बगिया में...

ना जाने कितने जतन किये, घर तेरे आने से, कई रातें जाग के

काट ली बिटिया तुझे सुलाने में ।

सोयी रहे तू परियों के संग, तू सुबह की पहली किरण मेरे

आशियाने में ।।

है किलकारी गूंजी देखो, आज मेरे भी बगिया में...

2

अख़बारों की ज़िंदगी

अख़बारों की भी क्या ज़िंदगी हैं, जहां हर दिन एक नया किस्सा
होता है,

बस बदलती है तो सिर्फ उसकी तारिख !

इसके एक कोने में कहीं बेटियाँ कुचली जाती हैं, तो दुसरी तरफ
से किसी नवजात की किलकारी सामने आती है।

कही कोई ज़िंदगी से लड़ रहा है, तो कही से बेबस भूखे किसान
की अवाज आती है ॥

अख़बारों की भी क्या ज़िंदगीहैं, बस बदलती है तो सिर्फ उसकी
तारिख !

किसी के मशहूर होने के किस्से हैं, तो कोई किस्मत से रोज़गार
खोज रहा है ।

किसी का मुक़दमा अदालत में सालों से चल रहा, तो कही क़र्ज़ में
डुबा परिवार आत्महत्या कर रहा है॥

अख़बारों की भी क्या ज़िंदगी हैं, बस बदलती है तो सिर्फ उसकी तारिख !

कही दो चार हँसते हुए चुटकुले हैं, तो किसी कोने मे टूटे हुए मन बहलाते सुविचार ।

कही कोई सरकारी लिस्ट में अपना नाम खोज रहा, तो कहीं बिगड़ी फ़सल से है किसान लाचार ।

अख़बारों की भी क्या ज़िंदगी हैं, बस बदलती है तो सिर्फ उसकी तारिख !

रोज़गार ले लिये कोई शासन के चक्कर काट रहा, तो कहीं कोई बाप बच्चो की पढ़ायी के लिये अपनी पेंशन जमा करवा रहा ।

किसी की नजर शेयर मार्केट पर है, तो कोई अपनी प्रतिभा से, गिनीज़ बुक मे नाम लिखवा रहा ।।

अख़बारों की भी क्या ज़िंदगी हैं, बस बदलती है तो सिर्फ उसकी तारिख !

3

पानी

पानी तेरा रुप निराला, तू सबको जीवन देता है।

कभी बन जाता खुबसूरत झरना, कभी नदियों सा बहता है ॥

कभी डूब जाता घड़े में, कभी तू पोख़र बन जाता है।

पानी तेरा रुप निराला, तू सबको जीवन देता है॥

बारिश की बूँदें तुझसे ही, तू मछली का जीवन बचाता है।

प्यास बुझाने आये जो हर जीव, वो तालाब तू ही कहलाता है॥

कभी तू बन जाता अश्क आँखों का, कभी पसीने में पहचाना जाता है।

पानी तेरा रूप निराला, तू सबको जीवन देता है॥

शीतल तेरी काया इतनी, मन को ठंढक पहुँचाता है।

दिखे जहाँ विशाल हृदय सा, वो समुद्र तू ही कहलाता है॥

कभी तू सूर्योदय का अर्पण, कभी पितरो का तर्पण बन जाता है।

जिसके सहारे अनाज नसीब हो, तू वो किसान की मुस्कान बन जाता है॥

तुने ही जिन्दा रखा पेड़ पौधो को, उनका भी साथ निभाता है।

हरे भरे पौधों में फिर तू, बन के ओस इतराता है।।

पानी तेरा रूप निराला, तू सबको जीवन देता है...

4

पुतले की मन की बात

पुतले भी सोचते हैं, काश हममें भी जान होती,

पुतला नही, जिन्दा इंसान की पहचान होती,

यूँ हर कोई घुर घुर के ना जाता हमें,

अगर आँखो में हमारी भी जान होती !

सजाये जाते हैं हम भरे बाज़ार में नुमाईश की तरह,

कोई रुक के हमारा हाल पूछें, ऐसी भी किसी की जात होती।

नज़रे हमारी भी तलाशती हैं, ऐसा कोई इंसान

जिसकी नजर में हमारी भी कोई जज्बात होती ।

जुबान तो है हमारी, पर फरियाद कर नही सकते,

जान भी डाल दिया होता हममें तो क्या बात होती।

बच्चे हो या बड़े बुढे, हर कोई हमें तकता हैं,

कभी कोई मन भी पढ़ लेता हमारा, तो क्या बात होती।

कोई ठोकर मार जाता है, कोई गिरा के ही चला जाता है,

जान के साथ साथ थोड़ी ताकत भी तो होती, तो

रोक कर समझा देते उन नादान परिंदो को,

आमने सामने उनकी और हमारी मुलाकात तो होती।

कभी हम दरवाजे पे सजा दिये जाते हैं,

तो कभी दुकान की सीढियों पे लटका दिये जाते हैं,

कभी खुद चल के दोस्तो के साथ कॉफी पी लिया करते,

समोसे का स्वाद भी कभी मिल जाता तो क्या बात होती।

इंसान उतने कपड़े नही बदलते, जितने हमारे बदले जाते हैं

हम तो पुतले हैं, कुछ तो इंसानो मे भी पुतले बन जाते हैं,

काश कोई जज्बात हमारे भी पढ़ पाता,

जिंदगी जीने की खुशी भी मिल जाती, तो क्या बात होती।

हम मौन खड़े हैं, मजबूरी है हमारी,

गुनाहो मे इंसानो के मौन उनकी शान हो जाती,

भर के देखो तो सही एक बार जान हममें,

गुनाहो को रौंद कर फिर पुतले की किमत,

हमारे अच्छे कर्मों से दुनिया मे शंखनाद हो जाती।

5

पश्चाताप

आओं थोड़ा साथ बैठे, उस पिता के जो

रोज तुम्हारे घर देरी से आने पर भी तुम्हारा इंतजार करता है,

ऑफ़िस से आते आते जो नयी शर्ट ले कर आये

उसको खुशी से खुद पहनाने को बेकरार रहता है,

आओ थोड़ा पुछे उस माँ की तबियत,

जो शरीर मे थकान ले के भी तम्हारी पसंद के खाने बनाती है,

तुम्हारे सौ बार इतराने पर भी, चिल्लाने पर भी,

तुम्हे प्यार से सामने बैठा के खिलाती है,

आओ कभी दादू के चश्मे बनवा ले,

जो पिछले चार दिन से आधा टूटा हुआ है,

और आओ कभी दादी को थोड़ा मन्दिर पंहुचा दे,

जिसके लिये उनका दिल हम सब से थोड़ा रुठा हुआ है,

क्यूंकि दादू का चश्मा और हमारी बेपरवाही थोड़ा धुंधला हुआ

है।

आओ कभी बड़े भईया को गले लगा ले,

और कभी छोटी बहन को अच्छे नम्बरों की शाबाशी देदे,

छोटा भाई अक्सर तुम्हारे आई-फ़ोन को तकता है,

आओ प्यार से कभी उसे अपना फ़ोन टच करा दे,

आओ कभी दूर बैठे अपने उस करीबी को फ़ोन लगा ले,

जो हर सुख दुख में तुम्हारा साथ निभाता था,

थोड़ा अपनापन ही तो चाहिये रिश्तों को,

थोड़ा वक़्त ही तो देना है, कौन सा टैक्स लग जाना था!

कभी कभी गुस्सा हमारी जुबान पलट देता है,

जो मन में ना हो, वो भी बोल देता है,

बाद में सोचना पड़ता है हमें अपने किये पर,

जुबान तो बोल देती है, पर दिमाग आँखे खोल देता है।

आओ कभी रुठे हुये अपनो को मना लेते हैं,

कोई जिगरी दोस्त कही गुम सा गया है, उसका पता लेते है,

यूँ तो हर कोई व्यस्त हैं अपनी जिंदगी में,

आओ कुछ वक़्त निकाल के, सुनहरे पल सजा लेते हैं ।

किसी ने थोड़ी मदद ही तो मांगी है, कर देते है,

जरुरत में है कोई गरीब, थोड़ा उसका पेट भर देते है,

क्या हुआ जो ज़्यादा कुछ कर नही सकते इनके लिये

महँगे रेस्तराँ मे जो टिप देंगे, उन पैसो से इनका थोड़ा राशन भर

देते हैं ।

ये सब नहीं किया अब तक तो एक बार कर के देखों

दिल को बड़ा सूकून मिलता है,

सिर्फ सोचते रहने से कुछ नहीं होता,

वक़्त गुजर जाने के बाद, इन बातों का सिर्फ पश्चाताप होता है।

6

सिक्का

घूम रहा जो बाज़ार में,

बस एक सिक्के की तलाश में,

कभी मन्दिर के बाहर, कभी सिग्नल के पास,

हाथ में एक पोछा लिये जो खड़ा रहता है,

बस एक सिक्के की तलाश में,

कभी कोई उसे देख नज़रे फिरा लेता है,

कभी कोई हाथ दिखा के दूर से भगा देता है,

फिर भी उसके कदम ना रुके इस प्रयास में,

घूम रहा जो बाज़ार में, एक सिक्के की तलाश में,

किसी ने उसे घूर के देखा, तो किसी ने है डांट लगायी,

किसी ने फेंका कभी दूर से सिक्का, तो किसी ने इसकी एहसान
जताई,

बैठा रहा वो धूप मे, छाव की कयास में

घूम रहा जो बाज़ार में, एक सिक्के की तलाश में।

कभी वो करतब दिखा रहा, कभी वो साफ करे बर्तन

पर खनक बर्तनों की, ना बदल सकी उसकी किस्मत

मुस्कुरा के यूँ ही हर दिन, चल पड़ता है राह में,

घूम रहा जो बाज़ार में, एक सिक्के की तलाश में।

देख के उसके ऐसे हालात, सोचने को मजबूर हूँ

मिली थी कोई बदुआ उसे, या था लिखा नसीब में,

दर-दर भटकता, तो कभी किसी को खटकता,

घूम रहा जो बाज़ार में, एक सिक्के की तलाश में।

7

मशहूर

चंचल हवाओं ने आज फिर से शोर किया हैं,

भुली हुयी खुशी, और दबी हुयी हंसी से सराबोर किया हैं।

कुछ सपने टूटे थे, कुछ दिल की आस छुट गयी थी,

पर हौसलों की उड़ान ने फिर से जीवन में भोर किया हैं।

कदम रुक गये थे, कलम भी छुट गयी थी,

पर आज दिल की ख्वाईश ने फिर से मसगूल किया हैं।

वीरान पन्ने थे जिंदगी के एक वक़्त पलटने को,

पर समेटे हुये दिल के भरोसे ने, यकीनन आज हमें मशहूर किया

है।

8

इत्तेफाक़

जिन्दा है कुछ यादें ज़ेहन मे अबतक

इन हवाओं में तेरी खुशबू का घुल जाना,

कोई इत्तेफाक़ तो नही !

तू मेरे सामने है, या हूँ मैं तेरे अक्स में

तेरी खुशबू का मुझे यूँ छू के गुज़र जाना

कोई इत्तेफाक़ तो नही !

धड़कन में सम्भाल रखा है कुछ शिकायतों को

पर तेरे जज़्बातों का मेरे दिल में उतर जाना

सच बता, कोई इत्तेफाक़ तो नही !

सुन के बातें मेरी, अक्सर तू मुस्कुरा दिया करता था

तेरी मुस्कुराहट मे वो सुकून दिखना

सच है, कोई इत्तेफाक़ तो नही !

आज फिर हवाओं ने दस्तक दी है दिल में,

मौसम का अन्दाज भी अचानक आज बदल जाना

कोई इत्तेफाक़ तो नही !

9

हम

बात तुम्हारी हो या मेरी

बात तो हमारी है ना!

गलती तम्हारी हो या मेरी,

इस रिश्ते मे पहचान तो हमारी है ना।

कभी तुम रूठ जाओ, तो कभी मै रूठ जाऊ,

साथ मिल के जो मना ले, वो प्यार तो हमारा है ना।

ना तुम पलट के देखो, ना मैं नज़रे मिलाऊं,

पर शरारत से जो मुस्कुराए, वो मुस्कान हमारी हैं ना।

ना तुम पास आओ, ना मै साथ बैठू,

दूर से ही जो जतन दिखाये, वो साथ तो हमारा है ना।

बात तुम्हारी हो या मेरी,

बात तो हमारी है ना।

कुछ स्वाद तुम्हारे है, तो कुछ पसन्द मेरी है,

साथ बैठ के जो खाए, वो पकवान तो हमारा है ना।

शिकायतें तुम भुल जाओ, जिद्द मैं छोड़ दू,

क्योंकि, ना तुम्हारी, ना मेरी,

इस रिश्ते की अहमियत तो हमारी है ना।

बात तुम्हारी हो या मेरी

बात तो हमारी है ना

10

औसत

हाँ औसत है वो बच्चा, जो बिन मतलब के मुस्कुरा दिया करता है,

गुब्बारे वाले को देख, थोड़ा नज़र झुका लिया करता है,

माँ बाप जिसके भट्टे मे तप रहे हो, पसीने मे जल रहे हो,

तब बहन का हाथ थामे, धूप में कही चल दिया करता है।

ना देखी कभी स्कूल की सुरत, ना किताबों से कोई नाता रहा,

फिर भूख नही लगी का बहाना कर, ना जाने कैसे माँ बाप के

चेहरे को पढ़ लिया करता है।

बहुत बुद्धिमान ना सही, औसत सा ही तो है वो बच्चा,

फिर भी ना जाने कैसे, गीली रेत में अपनी ही तस्वीर उकेर लिया

करता है।

कभी फुल चड़ा तो कभी साफ सफाई करके,

मन्दिर की सीढ़ियो पे मत्था टेक लिया करता है,

औसत सा ही तो है वो बच्चा, जो सिर्फ प्रसाद से पेट भर लिया

करता है।

ना चेहरे पे सीकन, ना आंखो मे कोई उदासी

स्वाभिमानी सोच, पर मुस्कुराती हुयी उदासी,

हा औसत ही तो है वो बच्चा, कुछ इस तरह से जिंदगी गुजार

लिया करता है।

11

बाज़ार

गौर से देखो तो दुनिया एक बाज़ार है,

कुछ मन्दिर जैसे घर, तो कही घर में ही मज़ार है।

दुकानो की तरह ना जाने कितनी इमारते हैं,

इसमे रहते लोगो के अपने अपने विचार हैं।

कुछ के भाव बढ़े होते हैं, तो कोई भाव ही नही देता,

किसी का उधार जमा है, तो किसी का हाव-भाव नही होता।

कहने को तो सब एक से दिखते हैं,

पर गौर से देखो तो इन चेहरो में चेहरे हज़ार हैं।

किसी में मीठे सा सिधाई का स्वाद होता है,

तो किसी में खटाई सा खटास होता है।

देखने को तो बहुत मिल जाते हैं नमूने रिश्तो के,

पर गौर से देखो, तो हर दिल में एक औज़ार है।

कोई किसी की खुशियो को चुनौती दे रहा,

तो कोई किसी के भरोसे को पानी के भाव बेच रहा।

कोई अपना बन कर पीछे खंजर लिये खड़ा है,

तो कोई अपने फायदे के लिये, किसी का हक़ नोच रहा।

कोई अपनी कीमत बढ़ा रहा, तो कोई अपनी कीमत गिरा रहा

सब मन्मौजी हैं, पर गौर से देखो तो ये इंसानो की भीड़ नही,

सिर्फ एक बाज़ार है।

12

मूर्तिकार

मिट्टी को गंगाजल सा हाथों में ले कर।

मूरत तू ही बनाता है।।

जलते कोयले की भट्टी सा, तू जल के उन्हे सुखाता है ।

बनकर इन्द्रधनुष सा रंगीन, तू रंग उनमें भर जाता है।।

मूर्तिकार है तू, मूरत तू ही बनाता है...

मूरत को देकर दुल्हन सा रुप।

इष्ट तू ही बनाता है।।

खुद से अलग कर हृदय अपना।

मन्दिर में उसे बैठाता है।।

मूर्तिकार है तू, मूरत तू ही बनाता है...

मनमोहक हर कला तेरी।

हर मन को तू लुभाता है।।

मिट्टी से तू बना खुद ही।

और मिट्टी की ही मूरत बनाता है।।

मूर्तिकार है तू, मूरत तू ही बनाता है...

हर मूरत तेरी जीवंत लगे।

बस जान डाल ना पाता है।।

हर बार देख अपनी ही कृति।

तू मन्द मन्द मुस्काता है।।

मूर्तिकार है तू, मूरत तू ही बनाता है...

कितनी मेहनत लगी है तेरी।

ये देख कोई ना पाता है।।

मूरत में तुने अपनी जान डाल दी।

और दुसरा रुपियो से इसकी कीमत चुकाता है।।

ना जाने कितने जतन कर।

तू दिन रात अपनी लगाता है।।

पुरे मान के साथ स्थापित मंदिर में कर।

अछ्छूता तू ही कहलाता है।।

मूर्तिकार है तू, मूरत तू ही बनाता है...

13

तेरा मेरा साथ

एक अरसे बाद आज उन दिनो को याद किया

खाली था मकान, जिसे हमनें घर किया

मिल के सफाई, कोने कोने की धुलाई

क्या तुम्हे याद है, हमने साथ किया !

अपनों से दूर जाने का गम था

पर हमारे प्यार ने एक दुसरे को समझा दिया

छोटी सी अपनी दुनिया बसाने आये थे हम

नये रिश्ते ने बड़े प्यार से सवार लिया

सुबह की चाय, और वो ठंड !

तबियत का बहाना, और वो ऑफ़िस बंक

कुछ खट्टे कुछ मीठे से पल

साथ मिल के हमने खुब जीया

आपके ऑफ़िस से आने के इंतज़ार में

ना जाने मैंने कितने जतन किये

छत पे बैठ के आपका इन्तज़ार

उस गुदगुदी ने बडा तंग किया

वो मूवी वो मॉल, कभी मैगी तो कभी चुर्चूर नान

वो ठंड और हमारी घंटो की बातें

आज मैने दिल से याद किया।

14

वो भी क्या दिन थे!

ज़िन्दगी के वो दिन, वो भी क्या दिन थे,

मम्मी, पापा, दीदी और मेरी,

किस्से कहानियों से भरी, वो भी क्या दिन थे!

स्कूल मे वो टीचर की मार, सहमे सहमे से वो पल,

फिर सबक टीचर को पापा का सिखाना,

वो भी क्या दिन थे!

क्या वजन नही रहा होगा, उस बस्ते में मेरे,

जो मैं राह में छोड़ आया करता था!

पर मेरे लिये दीदी का वो भार उठा लेना,

सच में, वो भी क्या दिन थे!

भरी दोपहरी में एग्ज़ाम के बाद, स्कूल बस का इन्तजार

इतने में स्कूटर से पापा का भागते हुये हमें लेने आ जाना

वो भी क्या दिन थे!

सैलरी कम थी, और खर्चे ज्यादा, थोड़े पैसे बच जाये,

इसलिए साइकिल से प्लांट जाते थे पापा,

पर जब हमें कहीं जाना होता,

पापा का वो स्कूटर पोंछ कर ले आना,,

सच में वो भी क्या दिन थे!

कभी कागज़ की नाव बनाते, कभी छत के पटाखे,

कभी कभी दीदी का गुस्सा, तो कभी टॉयलेट के बंद होते दरवाजे,

हर नखरे जो मेरे सह लेती, हर होली बनाती होलिका,

मैं शान से वो होलिका जलाया करता,

और फिर प्यारी सी वो हँसी दीदी की, वो भी क्या दिन थे!

मम्मी की समझाईश, पैसे सोच के खर्च करना, जरुरत पे काम

आयेंगे!

पर जेठालाल के वो समोसे पापा का घर ले आना,

सच में वो भी क्या दिन थे!

अब आया दिन कॉलेज का, पढना हमें था, सिखना भी हमें था,

पर पापा सबकुछ नया सीखे जा रहे थे,

वो भी क्या दिन थे!

छू लिया था हमने भी कभी, IIT..NIT के दरवाज़ों को,

पर मजबुरी कहें या समझदारी, अपने पाँव थोड़े पीछे कर लिये,

क्या कहें, सच में वो भी क्या दिन थे!

पैसो ने जब सामने शर्त रख दी हो,

नये कपड़ो की इच्छा, पुस्तकों के लिये दब गयी हो,

पर ये क्या ! हमें पता भी नही चला,

पापा का उस पर ओवर टाइम कर आना,

सच में वो भी क्या दिन थे!

फूँक फूँक के कदम रखना, मम्मी ने ही तो सिखाया

आज जहाँ हम खड़े हैं, वो हिम्मत मम्मी पापा ने ही तो

दिलाया,

अपनी हर खुशी से हमें पहले रखना,

फिर स्कूटर में हम चारों का बाहर जाना

सच में वो भी क्या दिन थे।

आज जहाँ हम हैं, मुक्कमल हुआ उनका हर सपना,

सच में, वो भी क्या दिन थे, और ये भी क्या दिन है।

15

लॉकडाउन की सुबह

सुबह उठते ही मैंने आज खुला आसमान देखा

हाँ...एक नन्हें बच्चे के मन की तरह पाक देखा!

पहले से कही ज्यादा साफ...प्रदूषण से आजाद देखा

हाँ...छुपे हुये पक्षियों को आज मैंने अपने पास देखा!

चहचहा रही थी...गा रही थी

कोई धुन अपनी वो सुना रही थी

एक अरसे बाद उन्हें आसमान में बेख़ौफ़ देखा!

घर पर है तो क्या हुआ! ज़मी और गगन तो साफ हैं!

माह-ए-रमज़ान में मैंने उस बच्चे को चांद को गले लगाते हुये देखा!

देखो सुबह की अज़ान...कृष्णा की आरती

जुमे की नमाज...वो पावन नवरात्रि

वो पल ही अलग था जब अपने घरों में इसे गूंजते देखा!

16

एक पल

एक पल दिल तुझे याद करता है, दुसरे ही पल भूलने की कोशिश,

कभी तेरा इंतज़ार रहता है, कभी खुद से दूर करने की साजिश,

तू कहीं से पल चुरा लाये मेरे लिये, मेरी चाह है मैं उसे जी भर जी लूँ,

देखना भी चाहूँ ता-उम्र, पर तेरे दिदार की ख्वाहिश।

मै सोचती रहूँ आला दिन तुझे, पर तेरे भी सोच की है आजमाईश!

एक पल दिल तुझे याद करता है, दुसरे ही पल तुझे भूलने की कोशिश!

वो नसीब था, जब तू मेरा और मैं तेरी हुआ करती थी,

आज जो ना साथ है हम, फिर अब नसीब कहूँ मैं किसकी?

तू जो आये मेरा मुक़द्दर हो जाये, ऐसी दुआएं करूँ मैं हर पल की!

एक पल दिल तुझे याद करता है, दुसरे ही पल तुझे भूलने की कोशिश!

17

धर्म

दूध दही चढ़ा कर भी मन में कितनी अशांति है,

एक बार भूखे को वो दूध दही खिला कर तो देखो, फिर मन में कितनी शांति है!

एक दिन का चढ़ावा, दूसरे ही दिन कचड़े के डिब्बे में खाना...!

शिव जी से पूछो, क्या यही है उनका चाहना !

घर पे बच्चा दूध पीने को इतराये,

फुटपाथ पे वैसा ही बच्चा, एक निवाले को तरस जाये,

शिव तो है भोले भाले, इंसान तो समझ जाये...

दूध का पैकेट मंदिर की जगह, कोई अनाथालय में दे आये...।

फिर मिले मन को शांति, शिव भी खुश हो जाये।

बोले महादेव भक्तो से, जा दिया तुझे वो सब, जो तू यहाँ मांगने आये।।

18

मै समय हूँ

देखों समय का खेल ये इंसान...

आज मैं! कल तुम कहलाये

कोई राजा है कोई रंक यहाँ...

क्यूँ छोटा बड़ा बतलाये?

आज हमारी...कल तुम्हारी

"समय" तो सबका ही कहलाये

ना कर गुरुर...ना चिंता 'अब' की...

क्या पता कल 'समय' ही बदल जाये!

जिस शरीर का मोह तुझे है,

और अभिमान रूप की...

छोड़ इन्हें बस दिल रख पाक...

इक दिन सब "माटी" में मिल जाये

देखो समय का खेल ये इंसान

आज मैं ! कल तुम कहलाये!!

"चिड़िया" जब जीवित रहें...

तब वो "चिंटी"' खाये...

पर मृत हो जाये वो "चिड़िया" जब...

वही चिंटीयां उसे खा जाये!

ना कर अपमान ना दुःख दे किसी को...

क्या पता! तेरा पलड़ा तुझ पे ही भारी पड़ जाये!!

देखो समय का खेल ये इंसान...

आज मैं! कल तुम कहलाये!!

19

जीत ले "डर" को

शाम तो फिर भी ढल जाती है...

फिर क्यों नही ढ़लता तुम्हारा डर...!

सुबह की रोशनी अपने समय पे आयेगी ही...

फिर क्यों विश्वास नही तुम्हैं अपने ऊपर...

बीते हुये कल की चिंता...आने वाले कल की फिकर...

क्यों बीत गया ! क्या होने वाला है?

जरा सोच ! क्या जिंदगी है केवल इन्हीं का सफर...!!

तु आज़ाद कर इस डर से खुद को...

मिल जाये हर सुकून...

जीत ले अपने मन की इच्छाओ को...

और सोच फिर कभी ना रुकूँ...

"डर" का ही "डर" है तो "डर" को ही जीत ले...

कर ले जो तु चाहें...

"डर" के पीछे "मंजिल" खड़ी है...

बस बढ़ के गले लगा ले...!!

20

हम पीछे है

हम पीछे है! थोड़ा नीचे है!

उनसे, जिन्हें देख कर हम खुश होते हैं,

जिनके अचार-विचार से हम काफी अलग हैं,

हम अलग हैं! हम मनमौजी हैं!

उनसे, जिनके जैसा हम बनना चाहते हैं,

पर खुद को बदलना ही नही चाहते!

हम पीछे हैं! क्योंकि हम सिर्फ सोचते हैं

जबकी हम देख भी सकते हैं,

अपने से आगे बढ़े हुये शक्शियत की आदतें !

खुशी देती है किसी के तौर तरीके, रहन सहन,

पर हमारी आदतें, आज भी वही

हमारी सोच, वहीं की वहीं!

क्योंकि हमें फुर्सत नही, दूसरो की कमी निकालने से

औरो की हसीं उड़ाने से, उनकी तहज़ीबो पर

पीठ पीछे मुस्की लगाने से!

हम पीछे है! थोड़ा नीचे है!

क्योंकि परिवर्तन ही संसार का नियम है

इन्सान का नही!

चलो खुद को थोड़ा बदल ले,

थोडी सभ्यता से थोड़े विचारो से,

ताकि हम भी वो शक्शियत बन सकें,

फिर...

ना पीछे रहें, ना थोड़े भी नीचे रहें,

आगे बढ़ने की सोचे, और अमल करे!

हम... भी आगे बढ़ सकते हैं, हम भी उपर उठ सकते हैं!

खुद में बदलाव की चाह होनी चाहिए

सिर्फ सोचने से कुछ नही होता,

अपने कर्मों से प्रयास होनी चाहिये।

21

बड़े भईया

ये जो बात है जरा ख़ास है, कई किस्से कई कहानियाँ,

बस ज़रूरी हर एहसास है!

बड़ा हो कर भी बच्चों सी हरकत, वो घर में ठहाके,

थोड़ा चिड़चिड़ापन, थोडी शरारते, थोडी मस्ती,

वो दिन आज भी आस पास है।

मुझसे आपका कोई काम कहना, मेरा चुप से सुन लेना

बारी जब आती छोटी बहन की, आपका उसका बदतमीज़ी भी सह लेना,

कभी डांट के कभी समझा के, हमें हमारी जिम्मेदारियां सिखाना,

हाँ सच मे,

बेपरवाही की आड़ में, हमारे लिये वो परवाह भी कुछ ख़ास है।

जब भी घर देर से आये, चैन से ना मम्मी सो पायी ना डैडी,

पर मैं रास्ते में हूँ, बोल के उनको सोने बोल देना,

उनकी बेचैनी का ये इलाज, जरा कुछ ख़ास है।

जिन्दगी की ऊँचाइयों को छूना चाहा, अपनी गलतियों से ले

सबक, पर सबब अपनाना चाहा,

जो हर परिस्थितयों में खुद को समझा ले,

आपका वो अंदाज-ए-हुनर भी काबिले शाबाश है।

22

नज़रिया

खूबी और खामी दोनो होते है इंसान मे,

आप क्या देखते हैं, ये मायने रखता है।

जब कोई बेटी जन्म लेती है घर में,

आप उसे घर की लक्ष्मी समझते हैं या बोझ,

ये आपकी सोच मायने रखता है।

जब कोई अपना तरक्की करे,

आप उससे ईर्ष्या रखते हैं या सीख लेते हैं,

ये आपकी समझ मायने रखता है।

जब जब रात होती है,

कोई इसे अंधेरा समझता है, तो कोई चांदनी रात

आपका वो अन्दाज मायने रखता है।

वक़्त नही होता कभी कभी अपनो के लिये

पर इस व्यस्त जीवन में आप संतुलन कैसे बनाते है

ये मायने रखता हैं ।

सुख और दुख एक सिक्के के दो पहलू हैं,

इनके साथ जिंदगी कैसे जीना है,

ये आपका नज़रिया मायने रखता है।

23

आशियाना

वो मकान जिसकी बुनियाद दादा-दादी ने मिल के बनाया था,

भरे पुरे परिवार के संग मकान से घर वो कहलाया था,

यही कही से गुंज उठते, हंसी और ठहाके थे,

छोटे छोटे पलों को फिर जोड़, परिवार उन्होने बनाया था।

बेटो के संस्कार बड़े थे, भाई से भाई मिलाया था,

श्रृंगार से जिसके वो घर-आंगन दमके,

बहुओं से घर वो चमकाया था,

वो मकान जिसकी बुनियाद, दादा-दादी ने मिल के बनाया था।

खिल उठता था वो घर जहां, बेटियों ने दुलार पाया था,

कहने को तो लाये थे बहु, पर बहुओं में भी बेटी पाया था,

सुख-दुख में जो साथी बने, हर हाल मे साथ निभाया था,

वो मकान जिसकी बुनियाद, दादा-दादी ने मिल के बनाया था।

कही आवाज किलकारी की थी, कभी नन्हे को चुप कराया था,

सर्दी-जुकाम थोड़ी हल्की सी थी, पर नींबू मिर्ची से नजर

उतरवाया था।

वो मकान, जिसकी बुनियाद दादा-दादी ने मिल के बनाया था।

यही कही रावण दहने थे, दिवाली में दीप जलाया था,

रंगो से रंगीन थी होली, पकवान खुब बनवाया था,

हंसी ठिठोली देख के सब के मन को बहुत हरसाया था,

छोटे छोटे पलो को जोड़ फिर, घर संसार बनाया था।

यही कही पे किस्सा था, रूठने और मनाने का,

त्योहारों मे ताता लगा रहता अपनों के आने जाने का,

रुठे हुये रिश्तो को उन्होने, फिर प्यार से समझाया था

वो घर जिसकी बुनियाद, दादा-दादी ने मिल के बनाया था।

कुछ सुख में, कुछ दुख में, जीना सबको सिखाया था,

प्यार भरा आशियाना उनका, राघव सदन कहलाया था,

वो घर जिसकी बुनियाद, दादा-दादी ने मिल के बनाया था।

24

रोटी की तलाश

ख़ामोश चेहरे में एक आस दिख रही थी,

गौर से देखा, तो बस रोटी की तलाश दिख रही थी।

कब सुबह से शाम हुयी, कब अंधेरी रात हुयी,

पैरो से दिव्यांग, आज थोड़ी लाचार दिख रही थी।

चल नही सकती थी, पर मनभावन धून वो रोज सुनती थी,

हुनर ही कहो ये उसका, सबका दिल जो जीत लेती थी,

सुन के उसकी धुन, जब सब वाहवाही दे जाया करते थे,

पर कोई एक रोटी देदे, वो नज़रे उस इंसान को ढूंढ रही थी।

राह चलती गाड़ियों से कोई खाना बाहर फेंक जाता था,

कोई ना खानें का बहाना कर, खानें से ही रूठ जाता था,

फूटपाथ में बैठने की मजबुरी कहो, या भूख की बेबसी!

आस भरी निगाहें, अमीरो के ये तमाशे देख रही थी।

अपने हर एक दिन को यूँ ही धुन में बिता लिया करती थी,

जो कुछ दूसरो का दिया या बचा, प्यार से खा लिया करती थी,

अमीरो के लिये भूख नखरे, और उसकी भूख मजबुरी थी,

एक ही इंसानो के लिये प्रकृति का ये भेदभाव, वो टूटे मन से सोच रही थी।

खामोश चेहरे में एक आस दिख रही थी,

गौर से देखा तो रोटी की तलाश दिख रही थी।

25

हाथरस कांड

आज बेटी की आबरू लूटी है,

कल दुर्गा बनकर निखरेगी ही।

अंधेरा हुआ है, सिर्फ आज आंखो में उसके,

कल जुगनु बनकर चमकेगी ही।

बँध गयी है उसकी मंजिल खामोशी से,

कल काली बनकर, असुरो के लिये उतरेगी ही।

लोग सवाल करते हैं, उसकी आप-बीती से,

सरस्वती बनकर जवाब पलटेगी ही।

भले लाख मन्नतें करे लोग बेटी के लिये,

वो अपनो के लिये ना सही, दूसरो के लिये खटकेगी ही।

कहा चली जाती है मन्नतें जब बेटी तार-तार होती है,

आबरू ही लूटी है आज दूसरो की बेटी की,

हम फिर भी खामोश रहें, तो ये दरिंदगी हमपे पलटेगी ही।

बचा नही सकते इज्ज़त, तो छोड़ दो डोंग मानवता का,

आज भले जिसकी आत्मा बिन परिवार के जली हो,

कल तुम्हारे घर भी कोई पायल छनकेगी ही।

आज बेटी की आबरू लूटी है,

कल दुर्गा बनकर निखरेगी ही।।

26

अंजान गली

वो जो अंजान गली के किस्से थे,

कुछ तेरे कुछ मेरे हिस्से थे।

मुक़्क़दर तेरा भी बुलंद था,

तो किस्मत मेरी भी कम ना थी।

तू राही उस गली का तो था,

पर मंजिल उस राह की मेरे हिस्से थी।

शीशे पर चेहरा मेरा था,

तो तेरा साया मेरे पीछे खड़ा था।

खामोशी से जो मन में खनक थी,

तेरा वो इंतज़ार मेरे हिस्से था।

चौराहों पर बैठे चिड़ियों की वेदना थी,

कुछ की चहचहाट तेरे हिस्से,

तो कुछ की खामोशी मेरे हिस्से थी।

वो जो अंजान गली के किस्से थे,

कुछ तेरे कुछ मेरे हिस्से थे।

27

नशा

जरा सोचो, नशा भी एक अजीब बिमारी है,

लत शराब की हो, तो मयखाने का नशा,

लत अगर दिल की हो, तो मोहब्बत का नशा,

जुनून हो अगर कुछ कर दिखाने का,

तो जो सोने ना दे, उन सपनो का नशा।

लत जुबान से जुड़ी हो तो, तो सिगरेट का नशा

दिल के करीब हो तो, मुस्कुराहटो का नशा

पाव जहा थिरके, फिर रिकॉर्ड बनाने का नशा,

हाथ जहां जुड़े, तो फिर दुआ माँगने का नशा।

किसी को वीडियों गेम का नशा,

तो किसी को गेमिंग एप बनाने का नशा,

कोई शतरंज के नशे मे है,

तो किसी को कैरम की रानी पाने का नशा।

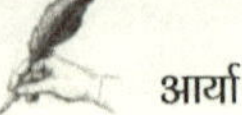

किसी को नशा है आसमान छू लेने का,

तो किसी को अपने रूतबे का नशा,

कोई ख्वाईश मुकम्मल ना हो पाने के नशे में है,

तो किसी को अपनी पहली जीत पाने का नशा।

कोई नशे में है अपने पुराने विवाद सुलझाने में,

कोई नशे में है, अपनो के दिये ज़ख्म मिटाने में,

किसी को नशा है, रिश्तो के मान बचाने में,

तो कोई ज़िद के नशे में है, रिश्तो को तोड़ जाने में।

नशा भी क्या गज़ब बिमारी है,

उपचार कोई बना नही,

कोई खुद में हो के भी खुद का नही

तो किसी को दुनिया की ही सुध नही!

28

तन्हा मन

तन्हा हूँ तो क्या हुआ, तन्हा रहना अच्छा लगता है।

ना किसी का साथ, ना किसी से आस,

खुद में ही मस्त मगन रहना अच्छा लगता है,

बैठा रहता है एक परिन्दा मेरे दरवाज़े पर,

प्यार से उसे दाना खिलाना अब अच्छा लगता है,

तन्हा हूँ तो क्या हुआ, तन्हा रहना अच्छा लगता है।

ना किसी से शिकायत मुझे, ना गिला अब किसी से रहता है,

लोग करे अपनी मनमानी, मेरा मन बावरा खुद में ही मगन रहता

है,

तन्हा हूँ तो क्या हुआ, तन्हा रहना अच्छा लगता है।

मैंने उसे जिंदगी माना, फ़रेब ये उसे लगता है,

याद तो उसे मेरी भी आती होगी, मेरा दिल तन्हा ये कहता है,

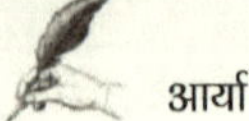

तन्हा हूँ तो क्या हुआ, तन्हा रहना अच्छा लगता है।

जमाने के दिखावे ने खामोश कर दिया मुझे,

अब खुद के वजूद को देखना पड़ता है,

तन्हा हूँ तो क्या हुआ, तन्हा रहना अच्छा लगता है।

किताबों सी हो गयी है ज़िंदगी,

उससे जुड़े किस्सो को पढ़ना अच्छा लगता है

तन्हा हूँ तो क्या हुआ, तन्हा रहना अच्छा लगता है।

29

चेहरे पर चेहरा

चेहरे पर एक चेहरा सजा हुआ है

ना जाने कितनो की हसीं में जलन छिपा हुआ है,

उस महफिल की भी क्या किस्मत है, जहाँ

सुन्दरता ने लिबास में विष ओढ़ा हुआ है

अकड़ कर सलामी तो ले लोगे तुम, पर

उम्र के साथ शरीर का झुकना, कुदरत को मंजूर हुआ है।

ना जाने कितने नकाब ओढ़े हुये हैं कुछ चेहरे,

हटा कर देखों तो दिखावे का परत चढ़ा हुआ है।

इत्तेफाकन अगर मिल जाये ऐसा कोई चेहरा,

तो सतर्क रहना, ना समझ लेना की कोई दुआ कबूल हुआ है।

चेहरे पर एक चेहरा सजा हुआ है

ना जाने कितनों की हसीं में जलन छिपा हुआ है।

30

रुके क्यूँ हो

रुके क्यूँ हो, क्यूँ उदास होते हो,

दुनिया से रुबरु हो, क्यूँ हताश होते हो।

भीड़ के साथ तो सभी चलते हैं,

कभी उनसे हट के चलने का विश्वास क्यूँ नही रखते हो।

मेहनत के बिना मंजिल कहा,

क्यूँ बिना कर्म किये ही पैसो का हिसाब रखते हो।

सोचते क्या हो, कुछ ठान के चलो,

मन की सुनो, और थोड़ा ध्यान से चलो,

अकेले ही पार करने हैं ये रास्ते,

भीड़ के हटने का फिर इंतजार क्यूँ करते हो।

आज जो बीत गया, लौट के नही आयेगा

हर एक दिन यूँ ही बीत जाएगा,

जिगर में तेरे हुनर है तो, ठहरा ले इसी वक़्त को,

फिर एक नया दिन आने की उम्मीद हज़ार क्यूँ रखते हो।

31

खुद पे विश्वास

क्यूँ उदास होते हो की जिंदगी में कभी कुछ खास नही होता,

सच तो ये की, हमें खुद पे विश्वास नही होता।

बन्द आंखो के सपने, और खुली आँखों के सपनो का दौर ही अलग है,

सुहाने तो दोनो लगते है, पर उसके पीछे लगने वाली मेहनत का हमें आभास नही होता।

रूठ के बैठे होते है हम कही कोने में किस्मत को दोष देते,

और दोष देते-देते दिन, महिने फिर साल यू ही गुजर जाते है,

जिसका हमें एहसास तक नही होता।

हर नये साल की पहली तारीख़ को, हम कुछ नया करने का प्रण कर तो लेते है,

फिर एक एक कर दिन निकल जाता है, और हमें अंदाजा भी नही
होता।

हमारे साथ का पढ़ा ना जाने कहाँ पहुँच गया, क्या किस्मत पायी
है उसने ये सोचने में वक़्त ज़ाया हो जाता है..
पढ़ा हमने भी था, उसके साथ वही सिखा भी था, बस
अपनी काबिलियत पे हमें विश्वास नही होता।

क्यूँ उदास होते हो की जिंदगी में कभी कुछ खास नही होता,
सच तो ये की, हमें खुद पे विश्वास नही होता।

32

अपनो के लिये

कभी कभी अपनो की खुशी के लिये, खुद से लड़ना पड़ता है, कुछ
सहना पड़ता है, तो कभी खुद को समझाना पड़ता है।

अपनो की सोच तुम्हे गिराने की है तो वाजिब,

पर हमें अपनी भावनायो को सहेजने के लिये, गिरे रहना पड़ता

है, कभी हंसना तो कभी मुस्कुराना पड़ता है।

कमज़ोर बनाने की लाख कोशिश करे ज़माना,

पर उन अपनो के लिये तो लड़ना ही पड़ता है, डट के इस जंग का

सामना करना ही पड़ता है।

कभी कभी दो राहें सामने आ जाती है ज़िन्दगी में,

अपनो के लिये उसे खुशी, तो खुद के लिये उसे मुक्कदर कहना

पड़ता है, हां पर एक राह चुनना ही पड़ता है।

कहते है जिंदगी एक जंग है, जहां अपनो का संग भी है, और खुद
के लिये जीने की उमंग भी,

ना जाने फिर भी क्यू जीत का हिस्सा अपनो के लिये, और उमंगो
की हार अपने लिये रखना पड़ता है,

जी हाँ! ये करना ही पड़ता है।

33

कुछ यादगार लम्हे!

आओ कुछ लम्हों को आज याद करें,

महसूस हर वो छोटी बात करें

कुछ खुबसूरत पल दिल में बस जाया करते है,

आओ उन यादौं से फिर एक मुलाकात करे।

जब छोटे थे, एक खिलौने की ज़िद किया करते थे

स्कूल से आ के बस्ता यूँ ही कही फेंक दिया करते थे,

टिफिन का खाना कुछ यूँ बचा लेते थे,

और मन नही था खाने का, माँ से अक्सर ये बहाना कर दिया

करते थे।

टिफिन बचाते बचाते कब कॉलेज का ज़माना आ गया,

रखे हुये बस्ते से सिर्फ 2 कॉपी निकाल लिया करते थे,

प्रोजेक्ट बनाने की धून अभी पूरी भी नही हुयी थी,

की चुपके से क्लास की एक बंक मार लिया करते थे।

डिग्रीयों का दौर कुछ ऐसा चला,

जहाँ पापा से कुछ पैसे मांग लिया करते थे,

हाँ, ज्यादा तन्ख्वाह नही थी उस वक़्त पापा की,

फिर भी हँस के हमारी हर शौक पूरी कर दिया करते थे।

दौर शुरु हुआ जब भविष्य तय करने का,

कभी दोस्तो की नादानी सुन लिया करते, तो कभी अपनो की

सलाह नजर-अंदाज़ कर दिया करते थे,

जब कुछ सूझ बुझ ना हुयी, कुछ तय ना हुआ,

तो उसी परिवार का साथ थाम लिया करते थे।

फिर, वो पहली नौकरी, वो पहली तन्ख्वाह

जी भर के शॉपिंग कर लिया करते थे,

पर जब याद आती बचत की नसीहत बड़ो की,

तब फिजूल खर्चो को थोड़ा रोक लिया करते थे।

वो दिन भी आ गया, जब सर पे अपनी ज़िम्मेदारी आ गयी,

अब बेटी को स्कूल भेजने की बारी आ गयी,

लाख जतन करके फिर वही लंच बॉक्स, वही बस्ते

उसकी किताबो के साथ कुछ ऐसे ही अपना बचपन जी लिया करते हैं।

ऐसे कई खुबसूरत पल दिल में बस जाया करते हैं!

34

वक़्त

वक़्त वक़्त की बात है, वक़्त बेहिसाब है

वक़्त है तो अपना लो किसी रुठे को,

नही तो वक़्त का बीत जाना भी एक रिवाज़ है,

वक़्त को वक़्त पे ना समझा जो किसी ने

मुक्कदर ने भी ठुकराया है

क्या तेरा क्या मेरा, वक़्त कब किसका रह पाया है,

गैरो के लिये दिये हमने सुकून अपना

पर अपनो का वक़्त नजर अंदाज़ है

फिर वक़्त का ही बदल जाना अपने आप में एक सवाल है!!

35

जहाँ चाह वहाँ राह

कुछ करने की चाह रखो, तब जा के कुछ मिलेगा,

आज नही मिला तो क्या हुआ, कल जरुर मिलेगा।

कर्ण की जुबान, और रखो एकलव्य जैसी चेस्ठा,

मेहनत का नतीजा कभी तो ज़रूर मिलेगा।

हिम्मत दिखाओ हौसले बुलंद करो,

तपती आग से ही फिर सोना निकलेगा।

कृष्णा की वाणी, तो सुदामा सा प्रेम रखो

आज मुश्किलें ज़रूर है राहों में,

पर इसका भी हल, कल ज़रूर निकलेगा।

ठानो तो सही कुछ कर गुज़रने का,

कही ना कही, तेरे मन का ज़रूर मिलेगा।

36

गरीबी

कल तक था जो मन के अंदर,

आज खुद को समझा पायी हूँ।

राज़ वो "अमीरी" "गरीबी" के बीच का

सबको बतलाने आयी हूँ।

देखा आज घर से निकल के

वो सुकून की मुस्कान समझ पायी हूँ।

फ़टे कपडे, नंगे पाँव, हाथ में कटोरा

ये उसकी पहचान बताये..

क्योंकि मान लिया है उसने किस्मत खुद का

यही उसे सुकून की मुस्कान दिलाये।

"अमीरी" की भूख एक "शौक" है

आज कुछ खाया, कुछ फेंक दिया।

है भूख एक "मजबूरी" गरीबी की

जो गिरे "खाने" को उठाया और चल दिया।

"अमीरो" की दिवाली नए कपड़ो से,

जो दिए हुयें पुराने कपड़ो से खुश हो जाये

वो गरीब पहन लिया।

चेहरे पे सुकून, होंठो पे हंसी, मन मार के सह ली मजबूरी

ना कल की चिंता, न कल का डर

बस सुनहरे पलों से कर ली दुरी।

मतलबी दुनिया के शौक से दूर.

कुछ सिक्के "गरीब" हाथ में गिनता है...

अमीर मनाये पटाखों से "दिवाली"

वही "गरीब"..! भूख से मरता है।

अमीरो के "गम" चारों ओर शोर करें..

गरीब अपने "दर्द" चुपचाप सहता है।।

कोई तो पूछो..क्या चाहिए तुम्हे?

वो सिर्फ "ना" में सर हिलाते दिखता है।

ना कोई बचपन, ना कोई जवानी..

वह सिर्फ़ अपनी "मज़बूरी" से जूझता है।

कल तक था जो मन के अंदर

आज वो जाहिर कर पाई हूँ।

कभी तो हटे वो धुंध ""गरीबी"" की..

ये अर्जी आज "दुआ" में शामिल कर आई हूँ।

37

सफ़र

वो बगिया जहाँ बचपन बीता,

वो कली चल पड़ी अनजान डगर..!

घर छूटा अंगना छूटी, कहाँ है मंजिल ऐ सफर..!!

घर की थी ज़िम्मेदारी वो कभी, आज अजनबी ले चला अपने

शहर,

वो बगिया जहाँ बचपन बीता,

वो कली चल पड़ी अनजान डगर..!

घर का रखना है मान उसे और मर्यादा नए चरण की..!

नन्ही कली को खिलना है अब, उसे फूल बनाने ले चला ये सफर...

वो बगिया जहाँ बचपन बीता,

वो कली चल पड़ी अनजान डगर..!

डर रहा था माली, डर रही थी कली, पर साहस बढ़ाया सफर ने
हर पहर..!

अब कली पहुंच गयी थी उस बगिया में, जहाँ एक अजनबी ही था
हमसफ़र...!

कली को उसने खिलना सिखाया और कहा अब चल के देख एक
कदम....

वो बगिया जहाँ बचपन बीता,

वो कली चल पड़ी अनजान डगर..!

कली मुस्कराई थोड़ी हिचकिचाई, फिर चल पड़ी जीवन की
डगर..!

क्या मिले क्या न मिले छोड़ दिया किस्मत के ऊपर..

कर्म करेगी आगे बढ़ेगी, खुद झुकेगी किस्मत अब कली के कदम...

38

नया साल

साल तो बदल रहा है..

आज नया, कल बीत गया कहलायेगा

कुछ अच्छे कुछ बुरे पलों का साथ दिखता है

फिर क्यों इंसान जस का तस रह जाता है!

मन की ईर्ष्या, वो घमण्ड वो दुसरो की बुराई,

इंसान बस यही इंसानियत दिखायेगा

चार दिन के वो सुविचार, वो अच्छाई, वो संकल्प

एक मिले धोखे से फिर मन को खा जायेगा

साल तो बदल ही रहा है, पर हम कब बदलेंगे?

हम सबके और नया साल हमारा फिर कब बन पाएगा?

39

माँ

एक माँ ही है जो हर पल पास होती है,

चाहे मायका हो या ससुराल

बस माँ ही खास होती है।

जिसनें समझा इस रिश्ते को..

हर खुशी सिर्फ उन्हीं के साथ होती है।

बदलना होगा अंतर मायके और ससुराल का!

चाहे मायका हो या ससुराल

बस वो ""घर "" है जहाँ ""माँ"" होती है

माँ का एहसास हमेशा साथ होता है,

फिर क्यों उसी घर का नाम "मायका" या "ससुराल" होता है?

चाहे मायका हो या ससुराल

बस माँ का प्यार ही खास होता है।

40

कोरोना

देखो कैसा ये दौर है आया,

कोरोना ने हर तरफ दहशत है फैलाया।

सबके जीवन में घुल रहा है ज़हर,

अपने ही अपनों में भेद करवाया,

कोरोना ने हर तरफ दहशत है फैलाया।

कल तक बाहर जो घूम रहे थे,

आज सबको घर में बन्द करवाया,

कोरोना ने हर तरफ दहशत है फैलाया।

गले लगा के जो कल तक खुशियाँ बांटते,

आज दूर देख के ही नजर चुराया।

ऑनलाइन क्लासेस पर जोर लगाया,

कोई कुछ तो, कोई कुछ भी समझ ना पाया,

कोरोना ने हर तरफ दहशत है फैलाया।

क्या बडा क्या छोटा रुप में, जात पात का भेद मिटाया

अब रोटी कहा से आये उनकी, मजदूरो को मजबूर बनाया

कोरोना ने हर तरफ दहशत है फैलाया।

कोई जिंदगी से लड़ रहा, कोई जिंदगी के लिये लड़ रहा

किसी का बेटा विलायत में, घर को ना लौट पाया

कुदरत ने एक ऐसा कहर है बरपाया,

कोरोना ने हर तरफ दहशत है फैलाया।

किस्सा था सुनो एक घर का यहाँ,

हसीं खुशी एक अनुष्ठान करवाया

सर्दी बुखार था उनमे से किसी को, फिर सब ने खुद को चपेट में

पाया

कोरोना ने हर तरफ दहशत है फैलाया।

मानो ये बिमारी सबसे बड़ी हो गयी,

यमराज बनकर सामने खडी हो गयी,

अस्पतालो में ना जगह हैं बची,

मानो मशीनें खुद को आइसोलेट कर गयी।

कोरोना ने हर तरफ दहशत है फैलाया।

किसी ने अपने पिता की अन्तिम विदाई ना देखी,

तो किसी का शव ही घर ना पहुँच पाया,

कोई आई सी यू में माँ को देखने तरसता रहा,

तो किसी का आने वाला बच्चा ये दुनिया ही ना देख पाया

कोरोना ने हर तरफ दहशत है फैलाया।

दो गज की दुरी, मास्क जरुरी आज ये कहावत बन गयी हैं

साल भर होने को है, मन से ये डर ना निकाल पाया,

जीवन पर भारी, ये महामारी है आया,

कोरोना ने हर तरफ दहशत है फैलाया।